MW01172503

NEVER WALK ALONE

NON CAMMINARE MAI DA SOLO

Lucca Haraway

NEVER WALK ALONE

A Retelling of the Legend of Ponte Della Maddalena

By Lucca Haraway
Illustrated by Tetiana Fuks

2022

NON CAMMINARE MAI DA SOLO

Una rivisitazione della leggenda di Ponte della Maddalena

di Lucca Haraway
Illustrato da Tetiana Fuks

2022

ISBN: 978-1-7351916-5-2 (paperback)

www.fiveminutepurpose.com

La notte di Capodanno, mentre mi avvicinavo al Ponte della Maddalena, rimuginavo sulla fine della mia storia con Valentina. Un po' alticcio per il vino, fui sorpreso di vedere un enorme croissant incuneato sotto l'arcata.

Guardando meglio, capii che si trattava di un verme gigantesco che si dibatteva nel tentativo di liberarsi.

«Gentile signore», gridò, «la prego di aiutarmi a fuggire, prima che faccia giorno.»

«Hai rovinato il nostro ponte!», esclamai. «E ora come faremo ad attraversare il fiume?»

«Questa volta ero troppo grande per passarci sotto.»

«Questa volta?», dissi in tono scettico.

«Sì, frequento questi paraggi da ben prima che ci fosse un ponte a collegare le due sponde... molto prima dei Romani, molto prima degli Etruschi».

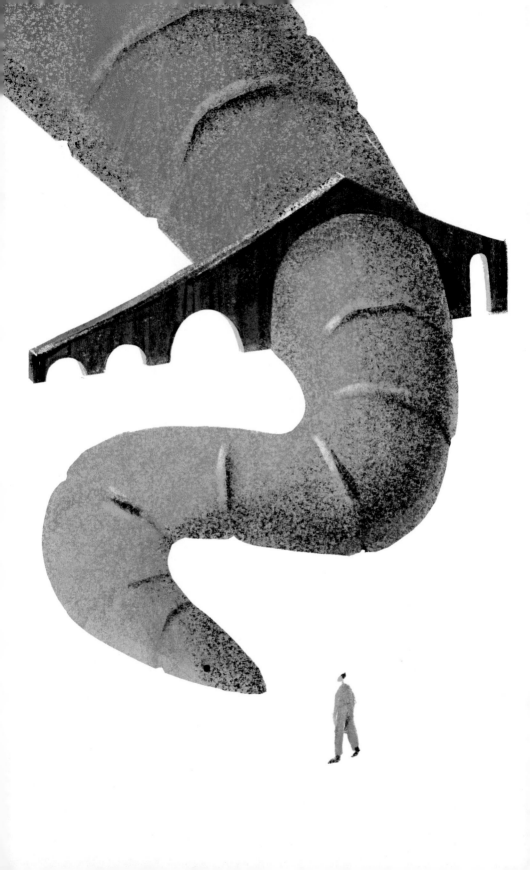

Tutte le creature
viventi devono
nutrirsi, no? Come
potevo sapere che non
fosse un demone? Come
potevo sapere che non mi
avrebbe inghiottito? I suoi
denti sembravano decisamente
aguzzi!

«Se ti devo aiutare», dissi, «allora spiegami
perché stai cercando di attraversare.»

Smise di dibattersi e sussultò. «Mentre tutti sono
sbronzi per i festeggiamenti di Capodanno, io
banchetto con i sogni a cui hanno rinunciato.»

Mi toccai il mento e socchiusi gli occhi. «E lo fai
dai tempi degli Etruschi?»

«Sì, sì. Ora, la prego, mi aiuti. Ho impegni da
rispettare in altre città.»

Mi avvicinai. «Ti aiuterò», gli dissi, «ma spiegami meglio questa cosa dei sogni abbandonati di cui ti cibi.»

«All'inizio di ogni anno, tu e i tuoi compaesani sognate in grande», mi disse. «Fate grandi progetti, salvo poi lasciarli a marcire col passare delle stagioni e quando le circostanze migliorano. Il mio compito è venire a ingoiarli.»

«È a questo che ti servono quei denti spaventosi? Semplicemente a mangiare sogni?».

Sorrise. «Se non li mangiassi, diventerebbero incubi e infesterebbero la tua città. Dovresti ringraziarmi per il lavoro che faccio in segreto.»

Strinsi le dita in un pugno e digrignai i denti. «Se quel che dici è vero, allora devi aver mangiato il mio sogno di Valentina.»

Fece un ruttino. «Sì, sì. Mi sono gustato il tuo sogno insieme a tutti gli altri. Niente di personale.»

Imprecai in direzione della sua bocca. «Tu mi hai preso per lo scemo del villaggio. Ti stai inventando delle storie per attirarmi tra quelle zanne infernali.»

Sbuffò. «Valentina non ti ha spezzato il cuore, ti ha semplicemente dato quello che tu segretamente desideravi. Non è così?»

Allentai il pugno e lo guardai con un inedito senso di incredulità. Com'era possibile che conoscesse particolari così privati sulla donna che avrei dovuto sposare?

«Non è del tutto vero», obiettai, «non volevo che se ne andasse.»

«Certo che è vero. E lo sappiamo entrambi.»

Caddi in ginocchio sulla riva gelata, trattenendo a stento le lacrime. Guardai alle mie spalle la casa della famiglia di Valentina, incastonata tra le altre case buie. Lei era lì, a dormire da sola... ormai un'estranea per me, destinata a diventare la moglie di un altro.

Tornai a rivolgermi al verme. «I miei compaesani devono aver abbandonato molti sogni, per attirare una creatura come te», dissi con amarezza.

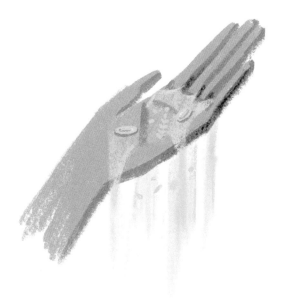

«Vengo dopo un periodo di grande prosperità», mi disse. « Questa è stata l'annata migliore che la tua città abbia mai avuto.»

Indicando il paese, esclamai: «In molti hanno realizzato i loro sogni e i loro obiettivi. I raccolti sono stati abbondanti. Non siamo stati funestati da tragedie o malattie. Tutti i bambini sono nati sani e vigorosi. Gli anziani sono morti nel sonno, ubriachi del miglior vino.»

«La ricchezza della tua città ha portato prosperità per tutti.»

«Certo che sì», dissi con orgoglio. «Era esattamente questo era l'obiettivo: progresso e ricchezza. È ciò che ci distingue dalle bestie.»

«Ha portato anche molto orgoglio», disse il verme. «Lo colgo nella tua voce.»

Mi sentii infiammare le guance. «È meglio della tristezza e dell'odio, meglio della malattia e della morte.»

«Sì. Ma una volta ottenuto, il benessere vi ha resi ciechi verso tutto il resto. L'abbondanza ha allontanato familiari e amici gli uni dagli altri. Avete pagato i vostri sogni più grandi calpestando centinaia di sogni più piccoli.»

Lo schernii con una risata. «Senti da che pulpito viene la predica: un verme incastrato sotto un ponte! Cosa ne può sapere una bestia di progresso e ricchezza?»

«Non è stato dunque quest'anno che tu e Valentina avete smesso di aver bisogno l'uno dell'altra? La sua bellezza e la sua compagnia, un tempo così allettanti, non hanno forse cominciato ad annoiarti?»

«Se lo dice una bestia...»

«Sento odore di vino nel tuo alito. Ho assaporato il tuo dolore. Dimmi, alla fine ci hai guadagnato qualcosa di davvero prezioso per il cuore in tutto questo?»

«È lei che mi ha lasciato!», gridai.

«Il tuo cuore l'ha cacciata e lei ti ha fatto il favore di tagliare il legame. L'hai supplicata di tornare con te, ma erano soltanto richieste dettate dal tuo ego. Persino adesso, è ancora e soltanto il tuo ego a parlare.»

«Verme, che ne sai tu di esseri umani?»

Sorrise di nuovo. «Gli umani sono più simili ai vermi di quanto tu pensi.»

«Verme schifoso», ringhiai, «forse il destino ti ha intrappolato sotto il Ponte della Maddalena perché io ti potessi massacrare.»

«Faccio solo ciò per cui sono stato creato: mangiare i sogni abbandonati di persone comuni come te. Chiamala pure una colpa, se vuoi.»

Strinsi di nuovo il pugno. «Se mi restituisci il mio sogno di Valentina, ti libererò. Ecco la mia proposta per te!»

«Anche se potessi, a che pro?»

«Posso salvare il nostro amore. Posso sistemare tutto. Mi sbagliavo, ok? Sono abbastanza uomo da ammetterlo.»

Il verme rabbrividì. «Non posso restituire un sogno dopo averlo digerito.»

«Stai solo fingendo di non averne il potere. Potresti ridarmelo, se tu volessi.»

«Ascolta, ti dirò come recuperare ciò che hai perso... Puoi scegliere tra conquistare una nuova compagna e questa volta sognare con lei fino in fondo, oppure trovare pace nel camminare da solo. Non ci sono altre strade. Evita le vie di mezzo, come quella che avevi imboccato con Valentina.»

«Vattene, demonio», gridai, prendendolo a calci fino alla sfinimento di entrambi. «Mostro che non sei altro. Diavolo. Distruttore di ponti. Mangiatore di speranze e di sogni.»

«Io sono solo il tramite», gridò mentre si ritraeva dai miei colpi.

Ansimandogli contro, mormorai delle scuse. «Verme, non è con te che ce l'ho. Mi dispiace.»

«Allora liberami», gemette, «ho altre città di cui occuparmi prima che i loro sogni abbandonati marciscano e le distruggano.»

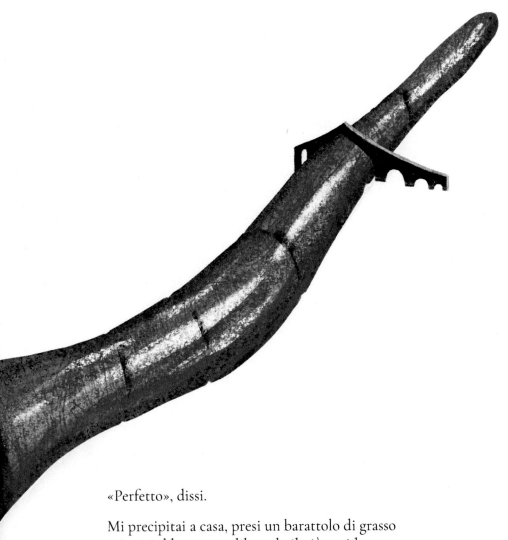

«Perfetto», dissi.

Mi precipitai a casa, presi un barattolo di grasso e mi misi al lavoro per liberarlo il più rapidamente possibile. Volevo sbarazzarmi di questo mostro. A qualunque anfratto oscuro della terra appartenesse, volevo rispedircelo il più rapidamente possibile.

Lo unsi e lo spinsi fino a quando non schizzò via dall'altra parte del ponte.

Senza nemmeno un grazie, scomparve nel fiume, con la pancia piena delle speranze e dei sogni abbandonati della nostra città.

Mi accasciai sulla riva e guardai il ponte che aveva deformato verso il cielo. I muratori e i miei concittadini mi avrebbero dato di pazzo se avessi raccontato ciò che avevo visto.

Ma tutto ciò che il verme aveva affermato era vero; avevo messo in piedi molte nuove attività imprenditoriali coi miei amici, spinto dal desiderio di realizzare qualcosa di grandioso. Avevo smesso di andare in chiesa con la stessa frequenza, Considerandola una perdita di tempo. Ero mancato ad alcune riunioni di famiglia, perché non c'erano affari da concludere. Valentina, che era sempre stata la mia priorità, era diventata un balocco con cui mi trastullavo solo per noia. Anche se camminavamo insieme, in cuor mio camminavo da solo.

Forse il vero verme sono io, riflettei, rannicchiato come un gomitolo per riscaldarmi, mentre un sonno incontenibile mi assaliva.

Poco dopo l'alba, fui svegliato da un profumo di pane caldo. Mi alzai e individuai l'origine dei passi che risalivano la strada.

Nella nebbia, una donna teneva in mano la brioche al burro che mi aveva destato. Girò l'angolo e salì sul ponte.

«Signorina», gridai, «non è sicuro da attraversare. Lasci che le racconti la storia pazzesca di come è successo».

Continuò a camminare come se non mi avesse sentito.

La raggiunsi e l'afferrai per il gomito. Quando si girò, la sua bellezza mi lasciò di stucco. La voce mi si strozzò in gola.

«Sul serio», dissi dopo essermi ripreso, «il ponte crollerà. Non può attraversarlo.»

Mi lanciò un'occhiata di sfida. «Nella vita, tutto è un azzardo», disse. «Non lascerò che mi impedisca di andare dove devo andare e di vedere chi devo vedere».

«Capisco», dissi, affrettandomi per raggiungerla. «Se proprio insiste nel volerlo attraversare, allora devo accompagnarla.»

Un sorriso incuriosito le increspò le labbra. «Tutto d'un tratto, non hai più paura?»

Le afferrai la mano, calda per il croissant. «Andiamo. Se dobbiamo cadere, cadremo insieme.»

Un'ondata di emozione le balenò negli occhi. Adesso era lei che faticava a parlare.

«Dimmelo di nuovo», sussurrò. «Mi piace come suona.»

Sorrisi e ripetei: «Se dobbiamo cadere, cadremo insieme.»

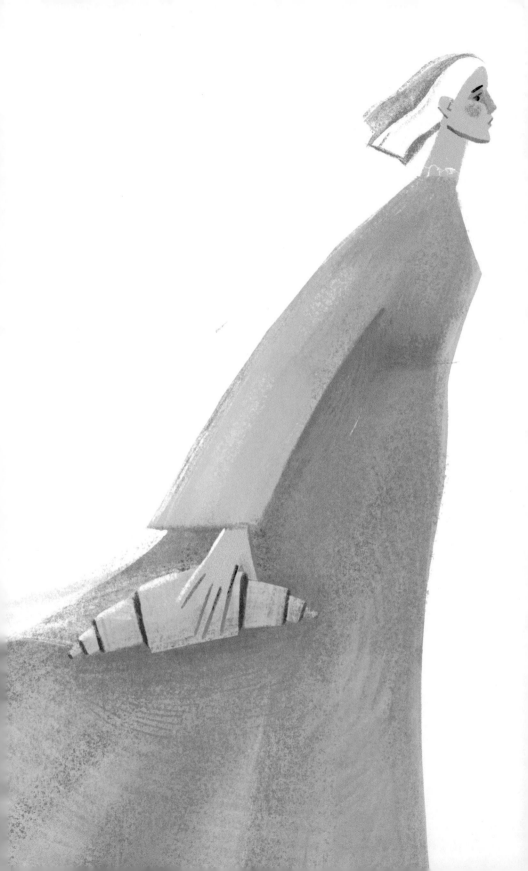

Spezzò il suo croissant a metà e me ne diede una parte, prima di rimettere la sua mano nella mia. Poi, insieme, attraversammo il ponte pericolante verso il nuovo anno.

* * *

On New Year's Eve, I pondered my breakup with Valentina as I neared the Ponte Della Maddalena. Drunk on little bit of wine, I was startled by a giant croissant wedged under the archway.

Upon closer inspection, I determined it was a giant worm attempting to wriggle free.

"Kind sir," he cried, "please help me escape before morning comes."

"You broke our bridge!" I exclaimed. "How will we cross the river now?"

"I was too big to slide under it this time."

"This time?" I said suspiciously.

"Yes, I've been travelling these parts well before a bridge linked these two sides... long before the Romans, long before the Etruscans."

All living
creatures had to
eat something, didn't
they? How could I know
he wasn't a devil? How
could I know he wouldn't
swallow me? His teeth looked
mighty sharp!

"If I'm to help you," I said, "tell me
why you're passing through."

He gave up his struggle and shuddered. "While
everyone is drunk at New Years celebrations, I
feast upon their abandoned dreams."

I stroked my chin and squinted. "And you've
done this since the time of the Etruscans?"

"Yes, yes. Now, please, help me. I have obligations
in other towns."

I stepped closer. "I'll help," I said, "but tell me
more about these abandoned dreams you eat."

"You and the other townsfolk dream big at the start of each year," he said. "You concoct big plans, then let them rot as the seasons change and your situations improve. My duty is to come along and gobble them up."

"That's what your menacing teeth are for, only eating dreams?"

He smiled. "If I didn't eat them, they'd grow into nightmares and haunt your town. You should thank me for my secretive work."

I curled my fingers into a fist and gritted. "If this is true, you must have eaten my dream of Valentina."

He burped. "Yes, yes. I enjoyed your dream along with the rest. It's never personal."

I pointed to his mouth. "You mistake me for the village idiot. You're making up stories to lure me into those savage teeth."

He huffed at me. "Valentina didn't break your heart; she only gave you what you secretly wanted. Isn't that right?"

I unclenched my fist and regarded him with a renewed sense of wonder. How could he know such intimate details about the woman I was supposed to marry?

"That's not entirely true," I argued. "I didn't want her to go."

"It is true, and we both know it."

I knelt upon the cold shore, barely holding back the tears. Over my shoulder, I peered at Valentina's family's house nestled between the other darkened homes. She was in there, sleeping alone... a stranger to me now, destined to become another man's wife.

I turned back to the worm. "Our townsfolk must have abandoned many dreams to attract a creature like you," I said bitterly.

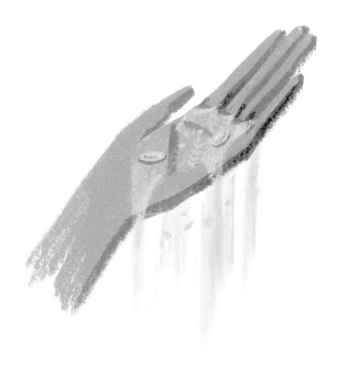

"I come after a time a great prosperity," he said. "This was the best year your town has ever had."

I pointed and barked, "Many people met their dreams and goals. Our crops flourished. No sadness or sickness crept over us. Children were born healthy and thriving. The elderly died in their sleep, drunk on the finest wine."

"Your town's wealth brought prosperity for all."

"Of course, it did," I said proudly. "That was the goal—progress and wealth. It's what distinguishes us from beasts."

"It also brought much pride," said the worm. "I hear it in your voice."

My cheeks grew flush. "It's better than sadness and loathing, better than disease and death."

"Yes, but once you obtained comfort, it blinded you to everything else. Abundance turned family and friends away from one another. You paid for big dreams by stepping on hundreds of smaller ones."

I mocked him with my laughter. "Says a worm stuck under a bridge? What does a beast know about progress and wealth?"

"Wasn't this the year you and Valentina stopped needing each other? Didn't her beauty and companionship, once so attractive, begin to bore you?"

"Says a beast."

"I smell the wine on your breath. I've tasted your sorrow. Tell me, have you gained anything the heart actually values?"

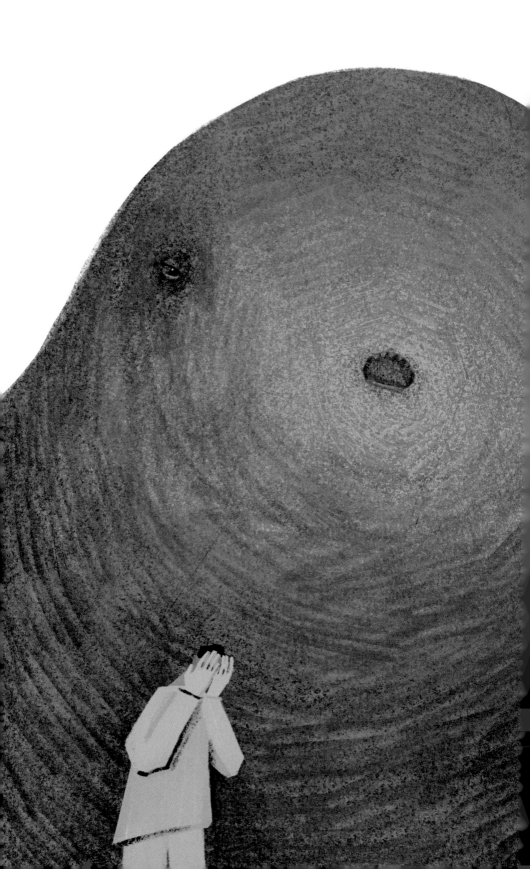

"She left me!" I shouted.

"Your heart pushed her out, and she did you the favor of cutting the cord. You pleaded with her to take you back, but it was only your ego making demands. Even now, it's still only your ego."

"You're no authority on human matters, worm."

He smiled again. "Humans are more worm-like than you realize."

"Worm," I growled. "Maybe fate trapped you under the Ponte Della Maddalena so I might slaughter you."

"I only do what I was designed to do— eat the abandoned dreams of everyday people like you. Call it a sin if you must."

I clenched my fist again. "If you give me back my dream of Valentina, I'll set you free. There's a deal for you!"

"Even if I could, what good would it do?"

"I can save our love. I can fix it. I was wrong, ok? I'm man enough to admit it."

The worm shivered. "I cannot return a dream once I've digested it."

"You're only pretending not to have power. You could give it back to me if you wanted."

"Listen when I tell you how to recover what you lost... you must either captivate a new companion and dream with her to the fullest this time, or find solace in walking alone. There are only those two paths. Steer clear of middle roads like the one you took with Valentina."

"Get out of here demon," I shouted, kicking him until it exhausted us both. "You monster. You devil. You destroyer of bridges. You eater of hopes and dreams."

"I am only the messenger," he cried while recoiling from my blows.

Panting against him, I muttered an apology. "Worm, it's not you who I hate. I'm sorry."

"Set me free then," he whimpered. "I have other towns to tend to before their abandoned dreams fester and destroy them."

"Very well," I said.

I rushed home, collected a tub of grease, and committed myself to freeing him as quickly as possible. I wanted to be rid of this monster. Whatever dark corner of the earth he belonged, I wanted to expedite his return to it.

I greased him up and shoved until he burst through the other end of the bridge.

Thanklessly, he disappeared into the river, his belly full of our town's abandoned hopes and dreams.

I collapsed on the shore and looked at the bridge he'd stretched towards the heavens. The masons and townsfolk would call me a madman if I told them what I'd witnessed.

But everything the worm had proclaimed was true; I'd started many new business ventures with my friends, fueled by the need to complete something monumental. I'd stopped attending church as often, finding it a waste of time. I skipped a few family events, because there were no business connections to be made. Valentina, who'd always been my priority, became a toy I only played with in boredom. Though we walked together, inside I walked alone.

Perhaps it's I who am the worm, I reasoned, as I curled into a ball to keep warm as an exhaustive sleep swept over me.

Shortly after sunrise, the scent of hot bread awakened me. I stood and tracked the source of footsteps coming up the road.

Through the fog, a woman carried the buttery croissant which had aroused me. She turned the corner and stepped onto the bridge.

"Miss," I shouted. "It's not safe to cross. I'll tell you the wildest story about how it happened."

She continued walking as if she hadn't heard me.

I caught up with her, then seized her elbow. When she spun around, her beauty arrested me. My voice got caught in my throat.

"Seriously," I said after recovering my senses. "The
bridge will fall. You cannot walk across it."

She cast a withering glance. "Everything in life is a hazard," she said. "I won't let it stop me from going where I need to go and seeing who I need to see."

"I respect that," I said, hurrying to catch up with her. "If you insist on crossing it, I must go with you."

A curious smile pursed her lips. "Suddenly, you're not afraid?"

I grabbed hold of her hand which was warmed by the croissant. "Let's go. If we fall, we fall together."

A wave of emotion flitted behind her eyes. Now it was she who struggled to speak.

"Say that again," she said. "I like the way it sounds."

I smiled and repeated, "If we fall... we fall together."

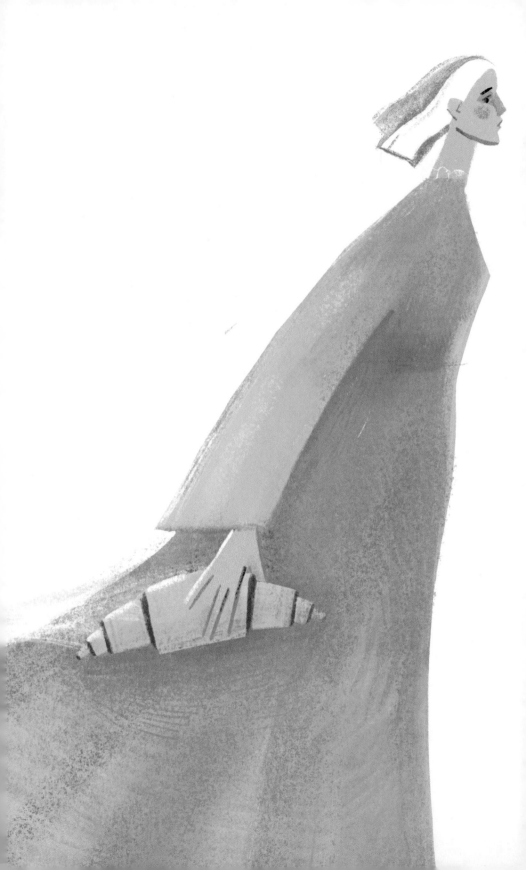

She tore her croissant down the middle and gave me my share before rejoining her hand to mine. Then, together, we crossed the perilous bridge into the new year.

ABOUT THE AUTHOR

Lucca Haraway is an American author
who can be found in Tuscany, walking
bridges and building a few of his own.

luccaharaway@gmail.com